U0100992

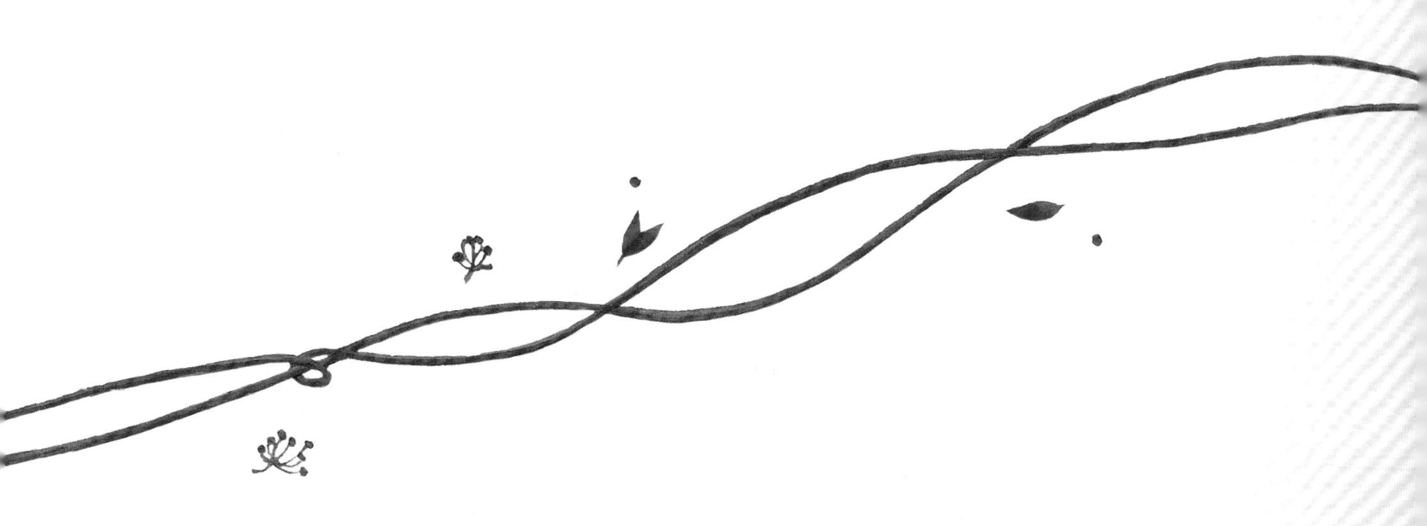

作者介绍

殷健灵，儿童文学作家，上海作家协会主席团委员，代表作品有《纸人》、《爱——外婆和我》、“甜心小米”系列等。

绘者介绍

黄捷，图画书画家，毕业于清华大学美术学院，作品注重对细节的描绘。代表作品有“‘小时候’中国图画书系列”、《再见》、《小青花》等。

图书在版编目（CIP）数据

外婆变成了老娃娃 / 殷健灵著；黄捷绘 .—南宁：接力出版社，2016.1
ISBN 978-7-5448-4228-0

Ⅰ. ①外… Ⅱ. ①殷…②黄… Ⅲ. ①儿童文学－图画故事－中国－当代
Ⅳ. ① I287.8

中国版本图书馆 CIP 数据核字 (2015) 第 318981 号

责任编辑：张培培　徐　超　　美术编辑：卢瑞娜
责任校对：刘会乔　　责任监印：刘　元　　营销主理：苏　毅
社长：黄　俭　　总编辑：白　冰
出版发行：接力出版社　　社址：广西南宁市园湖南路 9 号　　邮编：530022
电话：010-65546561（发行部）　　传真：010-65545210（发行部）
http://www.jielibj.com　　E-mail:jieli@jielibook.com
经销：新华书店　　印制：北京盛通印刷股份有限公司
开本：889 毫米 ×1194 毫米　1/16　　印张：2.5　　字数：30 千字
版次：2016 年 1 月第 1 版　　印次：2016 年 7 月第 2 次印刷
印数：15 001—23 000 册　　定价：35.00 元

质量服务承诺：如发现缺页、错页、倒装等印装质量问题，可直接向本社调换。
服务电话：010-65545440

外婆变成了老娃娃

WAIPO BIANCHENGLE LAO WAWA

◎殷健灵　著　◎黄　捷　绘

接力出版社
Publishing House

出入平安

当小米还是小毛头的时候，外婆是她最喜欢的人。
当她哭的时候，她不要爸爸，不要妈妈。
只要外婆抱起她，她就不哭了。

小米学会走路了。她成了外婆的“小尾巴”。
外婆走到哪里，她就跟到哪里。

小米上学了，外婆还是像以前那样宠她爱她。
小米常常跟外婆发脾气，外婆从来不生气。

田字格
作业簿

小米放学回家做的第一件事，就是吃外婆煮的赤豆红枣汤。小米总要舀一勺让外婆先尝尝。

有一次，小米没能吃上赤豆红枣汤。因为外婆忘记把火关小，锅子里面的赤豆红枣汤变成了黑乎乎的硬锅巴。

以前，外婆没有这样过。

小米
记住
13:30 放糖
14:00 关火
15:20 接小米

有一次，小米和外婆去买菜。卖菜的伯伯明明把零钱找给了外婆，外婆却说没有找。小米说：“我可以证明，伯伯把零钱找给您了。”可是，外婆不相信。

以前，外婆没有这样过。

黄记蔬果
小白菜2元
西红柿
藕3元

福寿里
便利店
CLOSED
殷记
美人

有一次，外婆一大早去公园锻炼，到了中午还没回家。妈妈急坏了，带着小米出去找外婆，最后终于在一家便利店的门口找到了外婆。

外婆见了妈妈和小米，不好意思地说：“我忘记回家的路了。”

以前，外婆没有这样过。

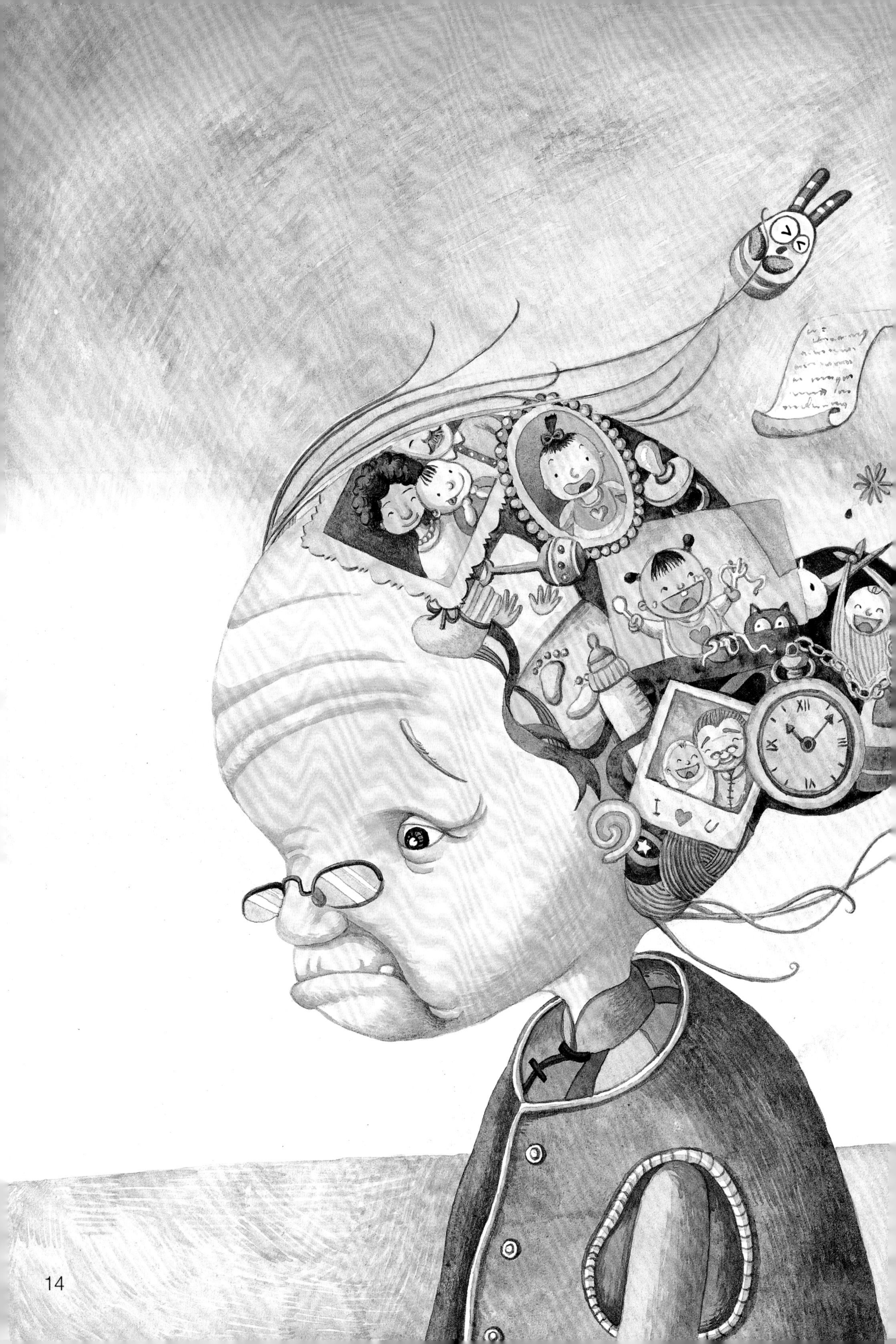
I ♥ U

妈妈带外婆去医院了。回来后，妈妈对小米说：“外婆病了。”小米想不出外婆得了什么病。外婆走路还是那么快，看上去还是那么有精神。

小米问妈妈：“外婆得了什么病？”

妈妈说：“外婆得了遗忘病。外婆的记忆好像一只破了洞的布袋，里面装的东西会一点一点慢慢漏掉，最后，连我们是谁也会忘记。”

“连小米也会忘记吗？”小米问。

妈妈忧伤地点点头。

三国演义
西游记
ROOTS
四世同堂
都柏林人
AIRPORT
红楼梦
PYGMALION
飘
辞海
JANE
刘凤英
510718

外婆不再做饭，也不再出门买菜、早锻炼。妈妈在外婆的脖子上挂了一个好看的小牌子，上面写着外婆的名字和家里的电话号码。

外婆每天听话地吃药。

妈妈对小米说：“要照顾好外婆哦。”

小米说：“嗯，我会像照顾小贝贝一样照顾外婆！”

小贝贝是外婆给小米织的毛线娃娃。

现在，外婆成了小米的老娃娃。
在家的时候，小米给外婆端水送药；
出门的时候，小米牵着外婆的手走路。

小米每天都要问外婆：“您认识我是谁吗？”
外婆每次都能答对：“你是小米！”
小米很开心。

刘凤英
510778

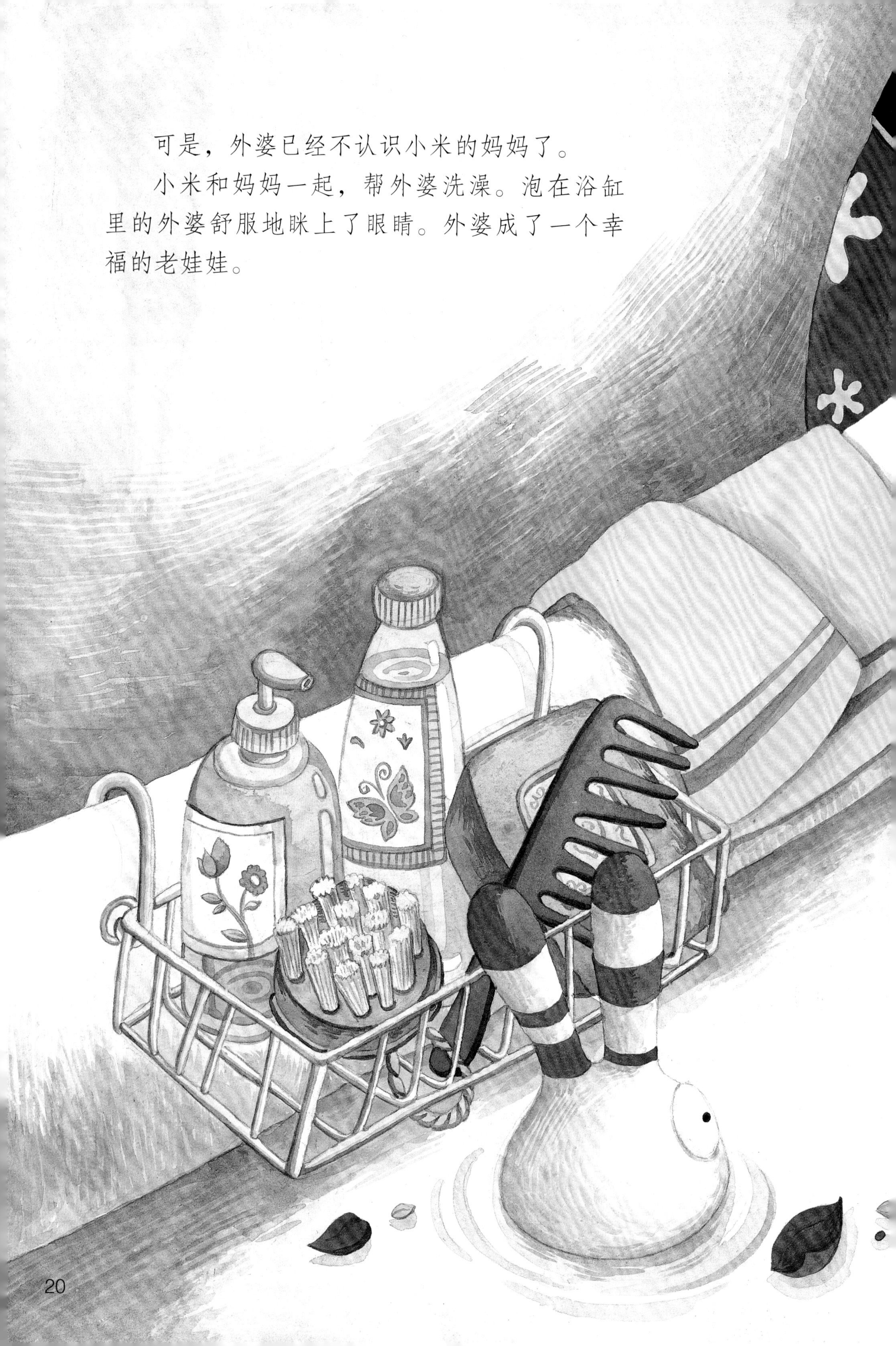

可是，外婆已经不认识小米的妈妈了。

小米和妈妈一起，帮外婆洗澡。泡在浴缸里的外婆舒服地眯上了眼睛。外婆成了一个幸福的老娃娃。

变成了老娃娃的外婆还是那么温和。她很少说话，脸上常常挂着笑。她最喜欢坐在窗口看风景，小米陪着她一起看。

“一辆车车往东走。”外婆说。

“一辆车车往西走。”小米说。

“一片叶子落下来。”外婆说。

“一阵风儿吹过来。”小米说。

外婆一直都没有忘记小米是谁。小米真开心。

不过有时候，小米还是不相信外婆真的变成了老娃娃。她想念那个给她煮赤豆红枣汤、走路风风火火的外婆。她教外婆算术题。可是，教了100遍，外婆还是算不出5+6=11。

小米失望地哭了。

5+6

外婆的病越来越重了。她走路跌跌撞撞，还经常把小便大便拉在身上，妈妈不得不给外婆用起了尿布。

外婆成了一个真正的“娃娃”，她一天到晚躺在床上。她叫自己的女儿“妈妈”，叫小米的爸爸“哥哥”。不过，外婆还是叫小米“小米”。

妈妈每天都在外婆耳边大声说：“我们喜欢你！”
小米也在外婆耳边大声说：“我们喜欢你！”
躺在床上的外婆听了，像孩子一样满足地笑了。

小米回家，第一件事就是坐到外婆床边，听外婆轻轻叫自己一声“小米”。她会安静地看着外婆，对外婆说：“我是你的小米。”

有一天，小米放学回家，看见外婆依偎在妈妈的怀里。

外婆和妈妈一起唱着小时候的童谣：“点点窝窝，猫儿做窠，青布念布，捏着算数。”

“落雨喽，打烊喽，小巴腊子开会喽！”

妈妈一开始是笑着唱，慢慢地，妈妈的眼睛里涌满了泪水。妈妈唱不下去了。

小米走上去，像妈妈那样抱住了外婆，跟着妈妈和外婆一起唱：“摇啊摇，摇到外婆桥，外婆叫我好宝宝……”

小米是外婆永远的小宝宝，
外婆是小米永远的老娃娃。

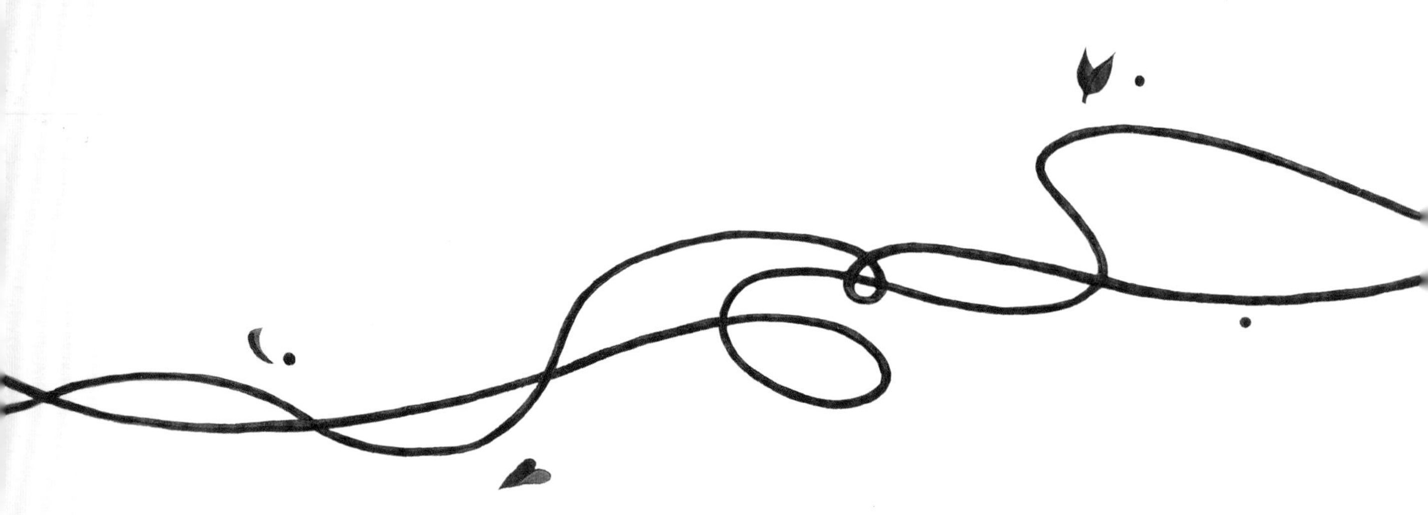